GUÍA DE LECTURA

Escrita por Delphine Leloup
Traducida por Tamara Montes Blanco

Novela de ajedrez

de Stefan Zweig

Entiende fácilmente la literatura con

ResumenExpress.com

www.resumenexpress.com

STEFAN ZWEIG

ESCRITOR, DRAMATURGO, PERIODISTA Y BIÓGRAFO AUSTRIACO

- **Nacido en 1881 en Viena**
- **Fallecido en 1942 en Brasil**
- **Algunas de sus obras:**
  - *Confusión de sentimientos* (1926), relato
  - *Veinticuatro horas en la vida de una mujer* (1934), relato
  - *Novela de ajedrez* (1943), relato

Stefan Zweig nació en Viena, en Austria, en 1881, en una familia de la alta burguesía judía. Manifiesta desde muy pronto pasión por todo lo relacionado con el arte, la poesía, la literatura y el teatro. A lo largo de sus estudios y de sus numerosos viajes por el mundo, desarrolla un lado profundamente humanista, así como cierto apego por la cultura europea. Se acerca a grandes escritores como Rilke, Émile Verhaeren, Romain Rolland y Jules Romain. Puesto que es una persona apasionada y terriblemente sensible, las dos guerras mundiales le resultan traumáticas. En 1933, queman sus libros en un auto de fe en Múnich. En 1942, se suicida en Brasil, tras haber huido de Europa unos años antes.

NOVELA DE AJEDREZ

- **Género:** relato
- **Edición de referencia:** Zweig, Stefan. 2001. *Novela de ajedrez*. Traducido por Manuel Lobo. Barcelona: El Acantilado
- **Primera edición:** 1943
- **Temáticas:** locura, pasión, soledad, juego, secuestro

El relato *Novela de ajedrez*, escrito en 1941 (y publicado a título póstumo en 1943), es el último que redactó Stefan Zweig. Trata de varios temas importantes como la locura, la pasión violenta, la soledad y la oposición frente a las fuerzas enemigas (no sin aludir al ascenso de los totalitarismos que causaron estragos en Europa desde finales de los años treinta). La escritura de Stefan Zweig se centra principalmente en desmenuzar la naturaleza y la psicología humanas. Más adelante, el autor confesaría a su primera esposa, Frédérique, que se había inspirado en su propia pasión por el ajedrez para componer este relato.

RESUMEN

Originalmente, el relato no estaba subdividido en secciones.

PRIMERA PARTE

La historia comienza en un paquebote, cuando un grupo de periodistas que parecen estar entrevistando a un joven llama la atención del narrador, cuyo nombre desconocemos. El entrevistado es el célebre campeón mundial de ajedrez, Mirko Czentovic.

En una larga descripción, se le presenta como un hombre realmente tonto, aunque dotado de una gran capacidad de concentración y de observación a la hora de practicar su «arte». Es huérfano y de muy pequeño el caritativo cura del pueblo lo recogió e intentó, en vano, ofrecerle una formación intelectual. Mirko no era bueno en nada, sin embargo, su torpeza desaparecía cuando se encontraba frente a un tablero. Se presentó ante diversos jugadores más experimentados contra los que ganó duelos y fue subiendo escalones hasta obtener el respeto de los competidores más reputados.

SEGUNDA PARTE

El narrador, deseoso de volver a verlo y de poner su talento a prueba, elabora planes para empujar a Czentovic a jugar una partida en público. Como la mejor forma de llamar la atención consiste simplemente en jugar al ajedrez, decide inaugurar sesiones de juego. Su iniciativa atrae rápidamente a los curiosos, entre ellos, a Mac Connor, un rico hombre de negocios pagado de sí mismo. Se enfrentan, y este último pierde la partida.

Czentovic en persona asiste a la escena y manifiesta su desprecio hacia ambos adversarios, lo que molesta a Mac Connor. Además, el campeón no quiere jugar una partida de ajedrez de forma gratuita. Por consiguiente, se le ofrece una gran suma de dinero para que participe en un torneo al día siguiente.

Czentovic se presenta puntual ante su adversario, Mac Connor, como estaba previsto desde el día anterior. Consigue desarmar su estrategia en tan solo unos movimientos. Mac Connor no se queda ahí: enseguida pide la revancha. Aunque parece que la segunda partida será igual de corta, un misterioso viajero le ayuda a quedar en tablas con Czentovic. Este, humillado, reclama un nuevo duelo contra el desconocido al día siguiente. El narrador, encargado de persuadirlo para que libre una segunda batalla contra el gran maestro, va en su busca.

TERCERA PARTE

Agazapado en las sombras, en el puente, el enigmático pasajero parece contento de que el narrador lo aborde. Tras haber aceptado el reto propuesto por Czentovic, el doctor B decide contar su historia y las razones que lo empujaron a ser también un apasionado del ajedrez.

Antaño, este antiguo abogado fue encarcelado por la Gestapo por haber ayudado a esconder las riquezas de la familia imperial y de los grandes linajes austriacos. Hitler aspiraba a meter la mano en los bienes de los más adinerados y esto le llevó a realizar un gran número de detenciones. El doctor B fue secuestrado durante cuatro meses en una habitación de hotel sin saber nada de lo que ocurría en el exterior. Las milicias lo interrogaban con regularidad y, rápidamente, comenzó a presentar signos de demencia a causa de la soledad.

Un día, cuando tenían que interrogarlo, vio un libro en el bolsillo del abrigo de un oficial y consiguió sustraérselo. Se trataba de un manual que explicaba las técnicas de los mejores jugadores de ajedrez del mundo. Aprendió el más mínimo detalle. Después imaginaba sus propias partidas y se obsesionó tanto con esta nueva ocupación que se volvió esquizofrénico. Cuando lo liberaron, se prometió que jamás volvería a tocar un tablero de ajedrez.

CUARTA PARTE

Honrando su compromiso del día anterior, el doctor B se presenta a la competición, que tiene lugar en el fumadero, y comienza la primera manga sin estar muy seguro de sí mismo. Sin embargo... ¡la gana! La segunda también parece prometedora. No obstante, el comportamiento del doctor B cambia por completo, su cara se estremece bajo los tics y los rictus (que no son otra cosa que una manifestación de su locura). El narrador lo obliga a que pare la partida, puesto que ha perdido el control y está delirando. El libro se cierra con las felicitaciones de Czentovic a su brillante adversario.

ESTUDIO DE LOS PERSONAJES

EL NARRADOR

No conocemos ni su nombre ni su edad. Sin embargo, sabemos que es austriaco y que ha embarcado en el paquebote con un amigo. Es el narrador (aunque cede la palabra al doctor B cuando este cuenta su historia) y también es un personaje importante de la novela.

Parece bastante curioso por naturaleza y hace gala de su capacidad de estrategia y manipulación para conseguir sus objetivos. Inconscientemente, espera ser el hombre que derrote al «protagonista» Czentovic, pero tan solo es el que inicia la primera partida de ajedrez. Al comienzo de la novela es un competidor activo, pero se aleja de la acción progresivamente hasta convertirse en un simple espectador pasivo del juego.

Se califica de intelectual y desdeña a los hombres a los que considera inferiores por su necedad (Czentovic) o por su falta de civismo (Mac Connor). Es muy paciente y escucha con los oídos abiertos los problemas de los demás (dedica una parte de su tiempo al doctor B cuando este ansía contarle su historia). Es bastante fiel a sus amigos y muy servicial, intenta hacer que su nuevo compañero entre en razón cuando se da cuenta de que este se ve, como en el pasado, arrastrado por el frenesí del juego hasta el punto de perder el control sobre sí mismo.

Este personaje es el único que juega al ajedrez por placer.

No ve en ello ningún objetivo monetario (a diferencia de Czentovic), ningún medio de supervivencia (a diferencia del doctor B) ni ninguna posibilidad de dejar que su mal carácter o su frustración estallen en el juego.

Extrañamente, la descripción de este erudito hace pensar en el retrato del propio Stefan Zweig. En el prólogo de su obra, el autor había anunciado que se había provisto de un pequeño manual de ajedrez y que esta compra le había inspirado el tema de su relato. Igual que Zweig, que se indigna ante el régimen nazi antes de huir de él, el narrador es testigo de una guerra de clanes. La batalla que opone al táctico croata y al pensador austriaco parece una metáfora de la que opone a los intelectuales europeos y al ascenso de los regímenes totalitarios.

MIRKO CZENTOVIC

Tuvo una infancia muy desafortunada. Hijo de un barquero croata, se quedó huérfano cuando su padre desapareció en el mar. Entonces tenía doce años.

Czentovic no aparece como alguien intrínsecamente inteligente. De niño era simplón y tenía problemas a la hora de memorizar las lecciones. Reflexionar y dar su opinión calmadamente son cosas difíciles para él, lo que mancilla gravemente su reputación. Antaño, su tutor, el cura del pueblo, lo definía ante sus amigos como un niño muy dócil y que no rechistaba cuando le ordenaban algo, pero le reprochaba su falta de iniciativa:

«En resumen, cumplía a conciencia, aunque con una

lentitud exasperante, todo servicio que se le solicitara. Pero lo que más apenaba al buen cura era la indiferencia total de su extraño protegido. No emprendía nada por su propio pie, nunca preguntaba, no jugaba con los niños de su edad y jamás se entretenía de forma espontánea si no le pedían algo: tan pronto acababa su labor, se veía a Mirko sentarse en cualquier parte de la habitación, con ese aspecto ausente y difuso de los carneros cuando pacen, sin prestar el más mínimo interés a lo que sucedía a su alrededor»[1].

Rodeado de adultos, era obvio que a Mirko le costaba muchísimo integrarse y estaba muy metido en sí mismo. Además, parecía imposible subsanar su atraso respecto a los niños de su edad. Con más de veinte años, aún no sabía escribir correctamente en su propia lengua o siquiera contar si no era con los dedos. Así, su éxito en el mundo del ajedrez fue para él un salvavidas al que agarrarse para hacerse un lugar en el mundo. Consideraba que se trataba del mejor pasatiempo que podía existir. Por su carácter pretencioso y venal, el dinero le motiva más que la auténtica pasión del juego. De hecho, no juega si no cobra.

En este libro, la inteligencia de Mirko se opone a la del doctor B, que está realmente fascinado por el juego. Su fuerza descansa tan solo en una buena observación y en la rapidez de acción. Aunque se lo describa como deficiente mental desde el inicio de la historia, Czentovic se va rehabilitando poco a poco a lo largo del relato hasta que su comportamiento parece normal comparado con el del doctor B. También,

---

1. Todas las citas han sido traducidas por ResumenExpress.com

aunque lo vemos como alguien advenedizo y pretencioso al inicio de la historia, en las últimas líneas, baja de su pedestal y se traga su orgullo para felicitar a su contrincante por su gran conocimiento del ajedrez.

Físicamente, tiene la frente ancha y una «cabeza de pueblerino» y es rubio y robusto. Tiene los párpados caídos y la cara enrojecida.

MAC CONNOR

Este escocés se vanagloria de, arrancando desde cero, haber cosechado un gran éxito profesional y hace alarde de su dinero. Fue ingeniero y trabajó en los pozos de petróleo en California.

Es, aunque no se dé cuenta, el hombre de paja del narrador (cuando este le sugiere que corra con los gastos para organizar un torneo). Este personaje tan pretencioso lleva mal la derrota y nunca cede. Se sirve de su fortuna como cebo para obtener todo lo que desea (como, por ejemplo, una partida de ajedrez contra el campeón del mundo). Su ambición y su pugnacidad son contagiosas.

Se le describe como un hombre de baja estatura y robusto, con espaldas anchas, la mandíbula cuadrada y dientes sólidos. Tiene una apariencia bastante atlética. El color amarillento de su piel se debe a su amor por el whisky.

EL DOCTOR B

El doctor B o señor B es sin duda el personaje más importante del libro y su vida es la que más se explica. También se opone al campeón mundial de ajedrez: Mirko Czentovic. Según parece, antes de que lo arrestaran era abogado o notario. Este personaje es bastante ambivalente desde el punto de vista comportamental y presenta actitudes diferentes según si está en plena monomanía o no (el hecho de focalizar su mente en una idea fija y repetitiva). Confiesa que muchas veces jugó al ajedrez contra él mismo, en prisión, utilizando los peones negros y blancos unos tras otros. Así bien, el señor B es víctima de un desdoblamiento del raciocinio y de la consciencia. Esta desviación mental podría ser uno de los síntomas de la esquizofrenia. Sin embargo, este término nunca se utiliza como tal en el libro.

Es tranquilo y pausado cuando no está sometido a la adicción al juego. Es reflexivo, analiza cuidadosamente las situaciones y muestra tacto y cortesía frente a los otros jugadores. Es un erudito (igual que el narrador). Es altruista, adora ser de ayuda a los demás. También es un hombre de honor, puesto que rechazó toda colaboración con la Gestapo para proteger a sus antiguos clientes.

Muestra modestia al afirmar que llevaba veinticinco años sin tocar un tablero de ajedrez, a pesar de haber derrotado al campeón del mundo. Cuando juega, no muestra nerviosismo, y, durante la primera partida de ajedrez que gana a Czentovic, su calma contrasta con el furor que le invadirá durante la segunda manga. La demencia se apodera de él cuando ve un tablero de ajedrez. Su pasión violenta por este juego toma la delantera a su razón y lo mata a fuego lento. De hecho, intentó tirarse por la ventana de su prisión cuando estaba detenido. Aunque estima a su adversario durante la primera manga, de repente lo mata con la mirada en la segunda y manifiesta un gran desdén hacia él. Se muestra agresivo y susceptible cuando piensa que Mirko intenta destruir su juego ralentizando el ritmo de sus jugadas. Su angustia se traduce en tics y convulsiones.

Físicamente, se lo describe como un fantasma: blanco y con la cara delgada y angulosa. Se presume que tiene unos cuarenta y cinco años.

Si el narrador parece tener muchos puntos en común con Stefan Zweig, lo mismo sucede con el doctor B. Como él, se vio obligado al exilio y abandonó Austria. Su personaje se opone al de Czentovic.

CLAVES DE LECTURA

LAS CIRCUNSTANCIAS DEL ASCENSO DEL NAZISMO EN EL SIGLO XX

Tras la Primera Guerra Mundial, Alemania, la gran perdedora del conflicto, vive una auténtica pesadilla económica, política y social. Como consecuencia de las decisiones impuestas durante el Tratado de Versalles, se desmorona bajo la deuda financiera que ha contraído con las naciones victoriosas y sufre inflación. Esta precariedad es el caldo de cultivo de las reivindicaciones del nacionalsocialista Adolf Hitler. Para denunciar la humillación sufrida por su pueblo, este decide ofrecer su imagen como marca a Alemania y, rápidamente, hace de Berlín un gran centro cultural donde abundan el arte y la propaganda patriótica. Inmediatamente después, hace que el servicio militar pase a ser obligatorio, crea un ejército del aire (la Luftwaffe) y construye submarinos para atacar a los enemigos que oprimen su país. En 1934, se le nombra oficialmente jefe de la nación. En 1938, el canciller alemán anexiona Austria: la unión entre las dos naciones se llama Anschluss. El movimiento nacionalista y fascista sobrepasa las simples fronteras teutonas y encuentra seguidores por toda Europa.

Los intelectuales austriacos y alemanes, opuestos al régimen, se sienten consternados frente a las maniobras homófobas, xenófobas y criminales del movimiento nazi de Hitler. Muchos de ellos abandonan sus países, que se han convertido en territorio hostil. En el extranjero, intentan movilizarse en aras de la paz y del humanismo. Los autores alemanes se especializan en la escritura de novelas históricas en las que a menudo ponen el triunfo de la inteligencia y del espíritu por encima de la crueldad y de la bestialidad de ciertos regímenes totalitarios.

Ferviente partidario de la vida y de la causa humana, Zweig denuncia con vehemencia el régimen nazi y lo desprestigia en *Novela de ajedrez*. Así, una parte del libro está dedicada a los interrogatorios llevados a cabo por la Gestapo, que parecían una auténtica tortura: brutalidad, intimidación, privación del sueño, de la luz o de alimento, aislamiento, supresión de los puntos de referencia temporales, etc. La detención, que podía durar varios meses, tenía por efecto romper el equilibrio psicológico de los detenidos con el fin de manipularlos más fácilmente. En el caso del doctor B, aunque el juego de ajedrez lo mantenga un momento en la superficie, el trauma acaba por vencerlo y dejar una profunda huella en él.

A Zweig le gusta documentarse ampliamente antes de escribir, para dar descripciones precisas de los acontecimientos y de los individuos. Esto lo convierte en un poderoso vector de saber. También el escritor se siente doblemente afectado por la cuestión nazi: por un lado, es un intelectual obligado al exilio a causa de sus opiniones políticas; por otro lado, tiene que huir del Reich alemán en calidad de judío amenazado por las persecuciones raciales.

Al perder toda fe en la humanidad y no soportar más ver el camino que estaba tomando la sociedad europea en la que tanto creía, se suicidó en Petrópolis con su esposa en 1941.

EL DOCTOR B Y CZENTOVIC, PERSONALIDADES Y VALORES OPUESTOS

Los dos protagonistas más importantes del relato son el doctor B y Czentovic. Como ya hemos visto, estos dos hombres tienen personalidades distintas y encarnan valores diferentes. Mientras que Czentovic es estratega y calculador cuando juega al ajedrez y posee la inteligencia de un robot condicionado al juego, el doctor B cuenta más con su capacidad de reflexión y su ética para desbaratar las trampas que le tiende su adversario.

La fuerza bruta y la impasibilidad del campeón, que no mezcla los sentimientos con su arte, se enlazan con la táctica implacable del movimiento nazi. Sus acciones son mecánicas, puesto que está entrenado para jugar y sobre todo para ganar las partidas de ajedrez desde su infancia. Se puede hacer un paralelismo con las Juventudes Hitlerianas, cuyos miembros eran condicionados al odio racial y entrenados para la guerra. Su ignorancia en los otros ámbitos encarna, para Zweig, la mente cerrada de los regímenes totalitarios en lo que se refiere al humanismo y a la cultura.

El poder del señor B no es de la misma índole que el de su enemigo croata. Aunque es un intelectual decepcionado por la vida y profundamente marcado por la detención que sufrió antaño, aún cree en la posibilidad de una victoria del hombre que piensa (y por tanto el humanismo) sobre el hombre que actúa (el nazismo).

La primera partida resulta ventajosa para el doctor B y

aclama sus proezas de persona capaz de anticiparse a los movimientos hostiles. La segunda hace que vuelva a hundirse en la locura del juego: el intelectual es derrotado, a imagen de los eruditos europeos a los que la censura y los regímenes totalitarios del siglo XX mantienen silenciados. El abandono del juego por parte del señor B es la representación del exilio de una inteliguentsia herida por el nazismo y obligada al exilio.

LA SIMBOLOGÍA DEL AJEDREZ

Novela de ajedrez es un relato en el que el léxico militar desempeña un papel fundamental. Se emplean numerosos términos o frases relativas a la guerra para designar el duelo de ajedrez (diversión, vencer, adversarios, batalla, palancas, generales, etc.). Estas circunstancias permiten pensar que, en este texto, el tablero de ajedrez es una representación de la Segunda Guerra Mundial.

Esta tabla de madera cuadriculada con sesenta y cuatro casillas no puede sino recordar a la forma en la que los nazis dividieron Europa en zonas de forma ficticia, según los territorios que desearan anexar o no. De forma maniquea, los peones blancos (representación de las fuerzas del bien y de la luz) tienen que enfrentarse a los peones negros (símbolos negativos de las tinieblas). Asimismo, durante la primera partida de ajedrez en la que Czentovic se opone al señor B, la suerte atribuye los peones negros al campeón y los blancos a su oponente (lo que refuerza todavía un poco más la oposición de sus ideologías).

Igual que sucede en la vida real cuando tiene lugar un conflicto, las figuritas son maltratadas, utilizadas y eliminadas una tras otra (quizá en referencia a los pactos que Hitler hizo con ciertos partidos políticos alemanes o rusos antes de traicionarlos y de aniquilar a sus miembros). La fórmula «jaque mate» anuncia el final de la partida y la derrota de uno de los adversarios al morir su rey (el Tratado de Versalles, tras la Primera Guerra Mundial, y las conferencias aliadas, al final de la Segunda Guerra Mundial, pueden percibirse como la pérdida de poder de una nación y su repartición entre las grandes potencias victoriosas).

PISTAS PARA LA REFLEXIÓN

ALGUNAS PREGUNTAS PARA PROFUNDIZAR EN SU REFLEXIÓN...

- ¿Qué temas importantes se desarrollan en este relato de Stefan Zweig? ¿Encontramos estos mismos temas en sus otras obras?
- ¿En qué movimiento literario incluiría usted a Stefan Zweig o con qué escritor lo compararía? Arguméntelo.
- Zweig, nacido en 1881 en una familia judía austriaca, vivió la Segunda Guerra Mundial y se indignó con el régimen nazi. Relacione su vida con, por un lado, el papel del narrador de *Novela de ajedrez* y, por otro lado, la vida del doctor B.
- ¿Qué puede simbolizar el tablero?
- Ponga el personaje del doctor B frente al de Czentovic. ¿Qué encarnan respectivamente si pensamos en el contexto de la Segunda Guerra Mundial?
- Finalmente, el doctor perdió la partida de ajedrez. Según usted, ¿qué simboliza esta derrota?
- Stefan Zweig escribió un gran número de relatos. En su opinión, ¿por qué utiliza este tipo de historia mucho más corto que la novela?
- Compare el relato *Novela de ajedrez* con la adaptación cinematográfica que hizo Gerd Osward en 1960. ¿El realizador es fiel a la obra de Zweig o se permite libertades? Explíquelo.

¡Su opinión nos interesa!
¡Deje un comentario en la página web de su librería en línea,
y comparta sus favoritos en las redes sociales!

PARA IR MÁS ALLÁ

EDICIÓN DE REFERENCIA

- Zweig, Stefan. 2001. *Novela de ajedrez*. Traducido por Manuel Lobo. Barcelona: El Acantilado.

ESTUDIOS DE REFERENCIA

- Calais, Étienne y Pierre Roux. 1993. *Précis des littératures de la communauté européenne*. Bruselas: Labor.
- Durand, André. "Le Joeur d'échecs". Consultado el 24 de septiembre de 2010. http://www.comptoirlitteraire.com/z.html.
- "Stefan Zweig. 'Le Joeur d'échecs'". Consultado el 26 de septiembre de 2010. http://pedagogie2.ac-reunion.fr/lettres/tl/Vero_Zweig/plan.html.
- "Juego de reyes". Consultado el 16 de septiembre de 2010. http://www.imdb.com/title/tt0054272/.

ADAPTACIÓN

- *Juego de reyes*. Dirigida por Gerd Osward, con Curd Jürgens y Mario Adorf. República Federal Alemana: Roxy Film, 1960.

EN RESUMENEXPRESS.COM

- Guía de lectura de *Confusión de sentimientos* de Stefan Zweig.
- Guía de lectura de *Veinticuatro horas en la vida de una*

mujer de Stefan Zweig.

ResumenExpress.com

GUÍA DE LECTURA

Muchas más guías para descubrir tu pasión por la literatura

www.resumenexpress.com

© **ResumenExpress.com, 2016. Todos los derechos reservados.**

www.resumenexpress.com

ISBN ebook: 9782806281272

ISBN papel: 9782806283580

Depósito legal: D/2016/12603/333

Cubierta: © Primento

Libro realizado por Primento*, el socio digital de los editores*